JUSTIN DUPAIN

BIZARRERIES

1874

> Qui des deux est stérilite?
> Ou l'antique sobriété
> Qui n'écrit que ce qu'elle pense
> Ou la moderne intempérance
> Qui croit penser dès qu'elle écrit?
>
> A. DE M

Prix : 50 centimes

PARIS

EN VENTE CHEZ HURTAU, LIBRAIRE

12-15, GALERIE DE L'ODÉON

1875

BIZARRERIES

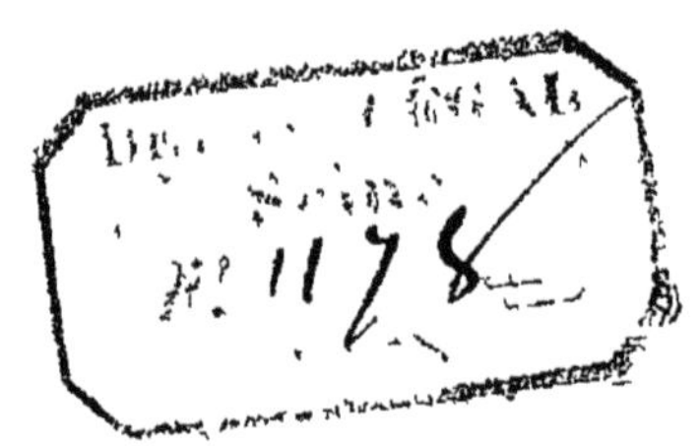

JUSTIN DUPAIN

BIZARRERIES

1874

Qui'des deux est sterilite
  l'antique sobriété
Qui n'écrit que ce qu'elle pense
Ou la moderne intempérance
Qui croit penser des qu'elle écrit?

A. DE M

Prix : 50 centimes

PARIS

EN VENTE CHEZ HURTAU, LIBRAIRE

12-15, GALERIE DE L'ODÉON

1875

AUX PARISIENNES

Si l'on vous dit, dans une fête,
Qu'en ce Paris, vif et moqueur,
Cherchant la divine lueur,
Le poëte baisse la tête

Et succombe sous la douleur,
Ame faible, au désespoir prête,
N'en croyez rien! car le poëte
Garde toujours au fond du cœur,

Près des affections chéries,
Avec celui des rêveries,
L'amour d'un idéal charmant,

Amour divin que rien n'achève,
Et qui lui permet noblement
De vous aimer toutes — en rêve!

Aux jardins espagnols, fleuris de lauriers roses,
Sur le sable léger qui tourne en voltigeant,
Lorsque la brise effeuille au soir les fleurs écloses,
Lorsque la lune étend ses doux rayons d'argent,

Que de fois, au milieu du frais sommeil des choses,
Sylphide qu'embellit encor le jour levant,
Une femme sans peur, vint, de ses lèvres roses,
Laissant tomber tout bas quelque refrain galant !

Au beau pays d'Espagne où fut l'Abencérage,
Où du vieil Orient s'implanta le courage,
Et qui semble adorer l'énervant *farniente*,

L'amour chaud et puissant, rival de la chimère,
Vit comme au temps des preux, dans toute sa beauté !
— Il est si doux d'aimer quand on n'a rien à faire !

Lorsque vous rencontrez de ces âmes hautaines
Qui n'ont jamais plié devant l'adversité,
Qui semblent ignorer les faiblesses humaines,
Et dont un mot trahit la sensibilité,

Suivez leur noble trace avec sécurité !
Car ceux-là seulement qui ressentent les peines
Et savent en dompter les tristesses malsaines,
Sont vraiment forts, ayant la force et la bonté !

Pour moi, je ne sais rien de plus irrésistible
Que de voir ces puissants à la face impassible
Plus émus que jadis, au sortir des combats,

Kléber, dans Aboukir, embrassant Bonaparte,
Ou que Châteaubriand, sur les débris de Sparte,
Aux échos étonnés criant : Léonidas !

IMPERTINENCES

Marquise, vos beaux yeux !...
                          — Marquis, c'est du Molière !
— Marquise, je vous aime, et vous n'en doutez pas !
Vous vous moquez de moi, petite minaudière,
Et mon cœur cependant brûle pour vos appas !

— Marquis, vous êtes fou !
                     — Marquise, un peu plus bas !
Vous pourriez dire vrai ! Le ciel, en qui j'espère,
M'a sans cesse octroyé le bonheur sur la terre !
Je fus toujours heureux et le fus sans combats !

Hélas ! et vos dédains briseraient l'harmonie
D'une vie aussi calme et du Seigneur bénie !
Vous ne le voudrez pas, quand vous pouvez d'un mot...

— Le fat ! Mais vous voulez donc que je vous méprise ?
Car, sachez le, marquis, répondit la marquise,
L'homme toujours heureux ne fut jamais qu'un sot !

LA GITANE

I

ADMIRATION

Sur un léger tambour de basque
Agitant sa petite main,
Et les yeux au ciel, l'air mutin,
Roucoulant un chant bergamasque,

Elle dansait comme un lutin,
La gitane, belle et fantasque,
Sans honte, sans peur et sans masque,
Pour un sou, pour un peu de pain !

Elle montrait sa gorge brune
Qui semblait demander fortune !
Aussi, plus d'un galant osa,

Pour de l'amour à la pauvresse,
Offrir son cœur et sa richesse.
— Simple et fière, elle refusa !

LA GITANE

II

CONSOMMATION

Un poëte a jadis écrit
Sur des restes d'église antique,
Dans Louvain, ville catholique,
Ces mots : Tout tombe ! tout périt !

Gloire, amitié, sagesse, esprit,
Tout s'en va dans l'ombre mystique !
A quelque pacte satanique
La vertu, tôt ou tard, souscrit.

Existe-t-il un cœur sur terre
Qui n'accepte un amour vulgaire,
Dès qu'il en soupçonne le prix?

Pourtant une chose féconde
Ne périt jamais en ce monde !
— Cette chose, c'est le mépris !

____

LA GITANE

III

DÉCLARATION

Ma chère enfant, vous êtes belle !
Je vous l'ai cent fois répété.
Vous avez autant de beauté
Que la Vénus de Praxitèle !

Vous avez un cœur, réputé
Pour être le vrai cœur modèle !
Vous savez porter la dentelle
Et le velours, avec fierté !

Je vous adore, ô ma chérie !
Je vous adore avec furie !
Commandez, et je me soumets !

Je vous sacriffrais ma vie !
Oui ! je me tûrais pour vous ! — Mais
Quant à vous épouser, jamais !

LA GITANE

IV

CONCLUSION

Quoi! vous avez eu le courage
De séduire ma pauvre enfant,
Et vous la quittez, prétendant
Lui refuser le mariage?

Mais vous l'adorez, cependant!
Mais dans vos vers, à chaque page,
J'ai lu, non sans pleurer de rage,
L'aveu de votre amour ardent!

Si vous avez encore une âme,
Rendez-nous honneur et repos!
Comment! vous me tournez le dos?

Vous niez ce sonnet infâme?
— Non, mais vous auriez dû, madame,
Remarquer que mes vers sont faux!

A PLUSIEURS

— Comme une coquette aime un diamant,
Vous aimez le chant jusqu'à la démence !
L'inspiration, l'ardeur, l'indolence,
Rendent si joli votre front charmant !

— Vous aimez danser? — C'est si gai, la danse !
Et quand vous passez triomphalement
Dans le tourbillon d'une valse immense,
Vous êtes si belle au bras d'un amant !

— Vous aimez l'amour? Mais votre maîtresse
Peut vous détester, ayant la jeunesse,
Et n'avoir pas d'âme, ayant la beauté !

La simple candeur n'est plus de ce monde !
Toute passion, fut-elle profonde,
Emprunte sa force à la vanité !

DON QUICHOTTE

Le don Quichotte légendaire
A tant de malheurs exposé,
Avec son vieux pourpoint usé,
Sa Dulcinée et sa rapière,

Sur Rossinante mal posé,
Rêvait le bonheur de la terre !
Aussi, riant de sa chimère,
Le monde entier l'a méprisé.

Quand de son généreux délire,
Quand de ses généreux combats,
On daigne parler, ici-bas,

Ce n'est qu'au bout d'une satire !
— Il est si facile de rire
D'une vertu que l'on a pas !

ROSE ET PARFUM

Quand le vent effeuille la rose
Dont vous admirez la beauté,
Chaque débris, en liberté,
Sur quelque brin d'herbe se pose,

Ou fuit, au hasard emporté !
La fleur est morte, à peine éclose !
Mais il en reste quelque chose :
Un parfum modeste et vanté !

Parfois un soupçon d'épigramme,
Un compliment peu châtié
Effeuille l'amour, sans pitié !

Heureux alors, celui dont l'âme,
De l'amour brisé d'une femme
Garde ce parfum : l'amitié !

L'ÉPILEPTIQUE

Quand on lui disait : « La richesse
Vons offre un avenir heureux
Plus que votre heureuse jeunesse ! »
Pensive, elle baissait les yeux !

Lorsqu'un poétique amoureux
Vantait sa grâce enchanteresse,
Elle écoutait avec tristesse,
Ou riait d'un rire nerveux.

Si, comme aux filles de son âge,
On lui parlait de mariage,
Elle pleurait, et c'était tout !

Car cette enfant candide et sainte
Se sentait vaguement atteinte
D'un mal affreux, dont rien n'absout !

LE PÉDANT

Ah! le pauvre homme! avec son verbe un peu trop haut,
Son ventre rebondi, ses airs de suffisance,
Et ses citations, et sa noble assurance
Qui lui sert à corrompre ou Lisette ou Margot,

Avec tout son orgueil, il pensera bientôt
Qu'il est un des soutiens de l'honneur de la France!
N'est-il pas un grand homme, un vrai puits de science?
Il est trois fois docteur..., et n'en est pas moins sot!

Quel air scandalisé, quelle tragique pose
Il prendrait, le pédant, si quelque esprit morose,
Impoliment, d'ailleurs, — lui disait tout à coup :

Qu'un titre n'est jamais une chose bien rare,
Et que, pour dominer, dans ce monde bizarre,
L'instruction n'est rien, l'intelligence est tout.

SIMÉON LE STYLITE

Or, saint Siméon le Stylite,
Vécut, vénéré des croyants,
Sur le sommet hétéroclite
D'une colonne, quarante ans !

Près d'Antioche, les passants
Accouraient lui rendre visite,
Et le sage et pieux ermite
Priait pour eux... de temps en temps !

Étrange et superbe esclavage !
De cette humilité sauvage
Que devait penser l'Éternel ?

Hélas ! en ce monde où nous sommes,
Quiconque est humble envers le ciel
Est orgueilleux envers les hommes.

LA CRUCHE CASSEE

L'insouciante fille est partie en courant,
Dès l'heure où le soleil s'est levé sur la plaine,
Pour emplir vivement sa cruche à la fontaine,
Et cueillir, dans les prés, un bouquet odorant.

Mais, aux confins du ciel, déjà l'astre est mourant,
Et les yeux grands ouverts, et soutenant à peine,
Dans ses tremblantes mains, sa jupe de fleurs pleine,
Près de l'eau qui jaillit, elle reste en pleurant.

Son fichu ne tient plus sur sa gorge oppressée,
Sa joue est toute rouge, et la cruche cassée,
Vide comme au départ, glisse sur son bras nu !

— Ah ! pourquoi Dieu fait-il si faible l'innocence,
Et laisse-t-il ainsi désirer la science
Qui donne au moins une arme à la pauvre vertu !

L'ESCARPOLETTE

Dans une charmante toilette
Aussi fraîche que le matin,
Sur une frêle escarpolette
S'ébattait un couple enfantin.

Quand un cri s'élève soudain,
Que l'écho longuement répète!
Et la malheureuse fillette
Tombe sur l'herbe du jardin!

La mère, quittant son aiguille,
Accourt et relève sa fille,
Et l'interroge en sanglotant!

Et la petite, presque fière,
Voyant les larmes de sa mère,
Rit aux éclats en l'embrassant!

LE ROI CEDRIC

Paysan sinistre et songeur,
Il vécut pauvre en son village !
Les jeunes filles de son âge
Prétendaient qu'il manquait de cœur !

Dédaignant le moindre labeur
Qu'il appelait un esclavage.
Dans sa solitude sauvage,
Il allait rêvant au bonheur !

Il était taciturne et triste,
Et dans sa fierté d'égoïste,
Méprisait jusques à la loi !

Ses compagnons et ses compagnes
Riaient de lui, dans les campagnes :
— Dix ans après il était roi !

LENAS

Quand César eut détruit la liberté romaine,
Et qu'il vit son pouvoir et sa gloire affermis,
Il appela Lénas, un de ses vieux amis,
Qui s'exilait au fond d'une villa lointaine,

Et lui dit : « Les Romains à moi se sont soumis !
Je suis grand maintenant, la terre est mon domaine !
Or, j'ai pensé, Lénas, que vous sauriez sans peine,
Aimant Rome et César, haïr leurs ennemis !

Servez donc la patrie en me servant moi-même ! »
Lénas lui répondit : « O César ! je vous aime,
Que les prospérités vous suivent, désormais !

Mais, aussi, laissez-moi seul dans ma résidence,
Car, vieux républicain, fils de l'indépendance,
J'admire le génie et ne le sers jamais ! »

UN MOT DE POLITIQUE

-- Nobles cœurs qui, croyant aux vertus populaires,
Rêvez l'indépendance avec la liberté !
— Défenseurs du passé, dont les phrases altières
Vantent l'indépendance avec la royauté !

Tous, qui que vous soyez, fils de la loyauté,
Qui n'admettez jamais d'opinions contraires,
Et conservant toujours vos passions entières.
Seuls, prétendez aimer la pure honnêteté ;

Vous devriez savoir que l'erreur en ce monde
Dans les cœurs les plus droits met sa trace profonde,
Que les plus convaincus sont souvent les plus faux,

Que l'amour pur du vrai condamne la licence,
Et que c'est un peu trop aimer l'indépendance
Que d'aller la chercher jusque dans les propos !

UN MOT DE BALZAC

— « Soyez peste en ce monde,
Ou boulet de canon ! »
— Et riez à la ronde,
De l'humaine raison !

La gloire ne se fonde
Que sur le bruit que font
L'ignominie immonde
Ou le talent fécond !

Or, si l'esprit est rare
Dans la foule bizarre,
L'orgueil l'est peu, je crois !

Aussi, combien, sur terre,
Se font, et sans mystère,
Peste... pour quelques mois !

LE BAVARD

Parce qu'il bavarde sans cesse
Cet homme fait, d'un air moqueur,
A son taciturne auditeur,
L'aumône d'une politesse !

Il dédaigne le froid penseur
Qui, bien tranquillement, le laisse,
Par indifférence ou tristesse,
Trôner, dédaigneux et vainqueur !

Il se croit grand par sa faconde !
Qu'est-il pourtant, près de celui
Qui vit de paresse et d'ennui,

Mais dont la paresse est féconde !
--- Il vaut bien mieux juger le monde
Que se faire juger par lui !

LA CRITIQUE

Espérant obtenir la gloire pour seul prix.
Le génie et l'ennui débutent côte à côte !
Le critique survient, leur sourit comme un hôte,
Et les unit bientôt dans le même mépris !

Ils luttent tout d'abord ; mais tandis que surpris.
Le premier balbutie et confesse sa faute,
Puis, par un coup d'éclat, reparaît, face haute,
Le deuxième se tait, s'estimant incompris !

Tel, si de deux ruisseaux qui glissent sur les sables,
L'homme barre le cours par des forces semblables,
L'un d'eux s'immobilise après avoir lutté,

Mais peut-être, sans bruit, l'autre grossit, s'apprête...
Puis, renversant un jour l'obstacle qui l'arrête,
Sait poursuivre sa course avec tranquillité !

LE JUGEMENT DE DIEU

Les deux vieux châtelains étaient amis d'enfance.
D'Aigremont, en partant pour un pays lointain,
Confia noblement à d'Anglas, son voisin,
Sa fille Emmelina, belle fleur d'innocence !

Or, quand il reparut, vainqueur du Sarrazin,
Son château n'était plus sous son obéissance,
Et sa fille dormait dans l'éternel silence,
Sous une tombe fraîche, un poignard dans le sein !

Alors, il vint chercher justice au pied du trône !
Et le roi, désireux de garder sa couronne,
Au jugement du ciel bientôt le renvoya !

Un jour donc, en champ-clos, les trompettes guerrières
Sonnèrent à l'envi ! les nobles adversaires
Coururent l'un vers l'autre... et d'Aigremont tomba !

L'ÉVENTAIL

Pauvre éventail si beau, qui dans sa main distraite,
Par instants déroulais ton clinquant et tes fleurs,
Tu ne voileras plus sa bouche trop coquette,
Dont le sourire étrange enflamma tant de cœurs.

Un jour qu'un gentilhomme, avide de conquête,
Vint lui parler d'amour, entre deux mots moqueurs,
Elle rougit de honte, et, relevant la tête,
D'un seul coup d'éventail lui paya ses fadeurs !

Te voyant déchiré, depuis, on te délaisse !
Mais quiconque vraiment adore ta maîtresse,
Préfére tes débris à ta vaine splendeur !

Car, si tu n'ornes plus sa parure chérie,
Tu prouves, qu'en dépit de sa coquetterie,
Un noble mouvement put jaillir de son cœur !

LUCIE

Lucie est puritaine ! Une ferveur profonde
Emplit son doux regard dans l'espace perdu !
Quelques hommes, sans âme, ont d'ailleurs prétendu,
Que pour se divertir, cette enfant pâle et blonde,

Voudrait bien mordre un peu dans le fruit défendu !
Mais elle parle tant des vertus de ce monde,
Et condamne si bien ce pauvre amour immonde
Que d'admiration on reste confondu !

Jamais un libertin, vieilli dans les Sodomes,
N'oserait effleurer ce chaste et noble cœur ! –
— Combien de vertueux sur la terre où nous sommes,

Gardent avec ennui leur première pudeur,
Et, se sachant jugés sans cesse par les hommes,
N'aiment pas la vertu, mais estiment l'honneur !

Puisque je ne suis rien. puisque j'ai la jeunesse.
L'âge de l'espérance et de l'illusion ;
Puisque, sans renommée ainsi que sans richesse.
N'ayant qu'un peu d'orgueil pour toute passion,

Et, malgré cet orgueil, sûr de ma petitesse,
Je me vois regarder avec compassion
Par les hommes heureux qui, travaillant sans cesse,
Ont atteint le sommet de leur ambition,

Je devrais, semble-t-il, envier, pauvre hère,
Les riches, les puissants, tous les grands de la terre
Que l'on put voir jadis aussi petits que moi !

Mais non ! j'estime peu ces puissances débiles,
Et n'envie, ici-bas, que les âmes tranquilles
Dont la sérénité repose sur la foi !

L'ORGUE

Dans les maisons de Dieu, quand je pénètre encore,
Ce n'est pas au hasard, ainsi que les passants,
C'est à l'heure où mugit l'orgue plein et sonore,
Dont les larges échos roulent les sons puissants !

Sous les jaunes reflets d'un soleil qui la dore,
La foule, qu'environne un nuage d'encens,
Tout entière à l'amour du Seigneur qu'elle adore,
Entend, sans écouter, ces magiques accents ! .

Ce recueillement pur et cet hymne suprême
Vous étreignent bien vite, et rendraient pensif même
L'homme le plus moqueur, le moins religieux !

Mais, hélas ! pourquoi Dieu permet-il que, sans cesse,
Un voisin mélomane, au milieu de la messe,
Veuille unir sa voix fausse à l'orgue harmonieux !

A MADEMOISELLE *

Vous riez encore? mon Dieu
Comme l'on rit pour peu de chose!
Vous demandez pour quelle cause,
Avec vous, je danse si peu?

Pourquoi je semble si morose
Parmi ces visages en feu?
Je le dirais bien, mais je n'ose,
Hélas! la danse n'est qu'un jeu,

Et ce que j'aurais à vous dire
Est si grave, que votre rire
Cesserait peut-être à l'instant.

Vous en doutez? — mademoiselle!
Je craindrais, vous voyant si belle,
De perdre la tête en dansant!

CASTEL

Regardez, se dressant derrière ce village,
Le donjon délabré, les vieux murs rétrécis
De mon sombre castel, enfant du moyen âge,
Sur son large sommet sinistrement assis !

N'est-ce pas qu'il est triste ? il est inhabitable.
Une maigre sorcière y promène à minuit
Les danseurs infernaux d'une ronde effroyable,
Et nous allons n'y voir que la mort et la nuit !

Mais venez. — Des oiseaux le léger babillage
Résonne incessamment à travers le feuillage
Qui semble se froisser sous une main d'enfant.

Entre deux belles fleurs s'offre un charmant visage
Qui, sous les chauds rayons d'un soleil éclatant,
Lève les yeux aux ciel, et sourit en chantant !

PENDANT UN ORAGE

Le parapluie en main, dans la foule muette,
Je marchais, regardant l'eau qui tombait des cieux !
Près de moi, s'oubliant à n'être pas coquette,
Mains vides, une femme au grand air soucieux,

Pleurait presque en songeant à sa pauvre toilette !
Je ne sais quel hasard fit rencontrer nos yeux ;
Mais bientôt, côte à côte, et bravant la tempête,
Nous allâmes, sans honte, elle, implorant les dieux,

Et moi, la regardant parfois, l'âme anxieuse !
— Soudain, elle quitta mon bras, et, gracieuse,
S'inclina, puis partit... Le soleil avait lui !

Et je songe souvent, depuis cette aventure,
Que mon premier amour, pur comme la nature,
Naquit dans un orage, et mourut avec lui !

SITA

(Moyen Age)

I

ELLE

Héritière d'un nom superbe et redouté,
Bien, plus que ses aïeux, elle aimait la bonté !
— Elle était brune, belle, adorable et rieuse,
Folle passablement, quelque peu curieuse,

Coquette pas beaucoup, et douce tout à fait !
Bref, c'était un bon cœur, comme un esprit parfait !
— Un hobereau voisin, aigri par la misère,
Avait traîtreusement assassiné son père !

Or, quand ses chevaliers lui dirent : Vengez-vous !...
Elle leur répondit, les remerciant tous :
« Cet homme est inhumain, et ce noble est infâme !

Mais il n'est pas à craindre, et je suis une femme !
Mais sa haine n'est plus ! pourquoi la ranimer ?
La plus noble vengeance est de se faire aimer. »

SITA

II

RENCONTRE

La jeune châtelaine, à travers la bruyère,
Allait, folle et rieuse ! et les vieux chevaliers
Disaient, en la suivant tout le long des sentiers :
« Ne devrait-elle pas être duchesse et mère? »

Mais, sous l'ombrage frais de deux grands peupliers,
Comme elle s'élançait, la joyeuse écuyère,
L'arrêtant tout à coup, dans sa course légère,
Une fillette en pleurs vint tomber à ses pieds !

« Hélas! l'affreux baron d'Arvan m'a poursuivie!
Sauvez-moi, disait-elle, et l'honneur et la vie? »
— « Vous serez, fit Sita, loin des coups des méchants;

Car, notre roi l'a dit : Si jamais, ô misère !
Honneur, pitié, vertus, devaient quitter la terre,
On les retrouverait dans l'âme des puissants! »

SITA

III

LUI

Portant, comme un fardeau, sa forte intelligence,
Il n'aimait que la haine, et sa sœur la vengeance !
Et, forcé de compter avec la pauvreté,
N'avait qu'une vertu superbe : la fierté !

Dans son castel antique où dormaient les chouettes,
Il avait quarante ans fait des plans de conquêtes
Et maudit le destin qui lui donna le jour,
Quand, dans son cœur de fer, vint se glisser l'amour !

Passion de vieillard, sinistre et criminelle !
Au château de Sita, l'infante trop cruelle
S'étant réfugiée, il fit l'affreux serment

De se venger bientôt ! et riait froidement
Quand sa sœur lui disait, âme douce et sereine,
Que pour se faire aimer, il faut agir sans haine !

SITA

IV

SURPRISE

Comme elle était au bord d'un ruisselet limpide,
Elle y voulut tremper le bout de ses beaux doigts,
Sans songer à la nuit qui descendait rapide,
Sans voir que deux grands yeux la regardaient parfois !

Elle appuyait son sein sur le gazon humide,
Elle écoutait de l'eau la caressante voix,
Lorsque, la saisissant avec sa main solide,
Un cavalier muet l'entraîna dans le bois !

Puis, au château d'Arvan elle se vit conduire,
Et le vieux châtelain, avec un froid sourire,
Lui dit : Choisis, enfant, ou la vie ou l'honneur.

Car ton manoir me plaît et ta gorge est jolie ! »
— « Je ne vous ai rien fait ! dit-elle, avec hauteur !
— « L'offensé se souvient, quand l'offenseur oublie ! »

SITA

V

AU COUVENT

Puisque, dans ce caveau, leur tombe héréditaire,
Les châtelains d'Arvan, couchés depuis longtemps,
Vont recevoir l'enfant que ravit à la terre,
Le crime du dernier de leurs fiers descendants,

Nonnes de ce couvent, dont la chaste prière
Implore chaque jour le pardon des méchants,
Puisque l'on vous a dit, devant cette humble bière,
De prier le Seigneur pour l'un de ses enfants,

Laissez au sein du ciel, laissez la pauvre morte
S'unir tranquillement à la sainte cohorte
Que le maître divin forme de ses élus !

Les morts n'ont pas besoin de vos saintes prières !
Mais, ô vierges, priez pour celui de vos frères
Qui vit avec son crime, et que Dieu n'aide plus !

SITA

VI

Toi qui marches les yeux baissés.
Sainte vertu, fille sublime,
Qui, sans cesse au bord d'un abîme,
Pleure sur tes beaux jours passés !

Lorsque les humains oppressés
Laissent un jour la main du crime
Arracher de sa haute cime
Ton temple cher aux cœurs blessés,

Malheur à ta prêtresse sainte
Qui croyait dans sa vaste enceinte
Trouver un refuge éternel !

Elle meurt, — puis on la méprise.
Dans un siècle lâche et cruel
La vertu semble une sottise !

Si jamais un roman doit sortir de ma tête,
Un de ces grands romans, bien vides et bien creux,
Sentimental, au point qu'au dénoûment, il mette
Face à face, la nuit, deux ardents amoureux !

Quand même l'héroïne, en savante fillette,
Fuirait avec dédain le baiser dangereux,
Je mettrais à genoux, devant cette coquette,
Mon héros ahuri comme un joueur peureux !

Et là, baissant le front, pauvre amant ridicule,
Je le ferais pleurer sans honte et sans scrupule,
Et dire : Je t'adore ! avec de grands hélas.

Car l'amour raisonné n'est pas l'amour sincère,
Aux déclarations l'art est peu nécessaire ;
Et s'il n'est point naïf l'amour n'existe pas !

On admire parfois ces grandes pécheresses
Qui, lasses de luxure et de désœuvrement,
Veulent s'amnistier, et scandaleusement,
Aux yeux de tout Paris, renoncent aux richesses !

On estime parfois l'homme qui, froidement,
Pour profiter en paix de ses scélératesses,
S'accole sans pudeur aux plus viles bassesses,
Et de son déshonneur se pare étrangement !

On appelle cela courage et répentance !
Soit ! Mais moi je préfère une âpre pénitence,
Un secret désespoir à cette étrangeté !

Je hais les grands éclats ! et simplement je pense,
Qu'un repentir public n'est qu'une lâcheté
Ou qu'un abaissement dont on prend vanité !

LE TEMPS

Terrible Juif errant qui, de sa main débile,
Penché sur l'univers, fauche, les yeux fermés ;
Depuis l'éternité le temps reste immobile !
Il marche, il marche, il marche ! et n'avance jamais !

Les générations ont passe sur la terre
Y laissant leurs désirs et leurs mœurs différents,
Et toujours maudissant, comme aujourd'hui, le temps,
Qui, toujours aussi vieux, est sourd à leur colère !

Les hommes, ici-bas, tristes et mécontents,
Effrayés des malheurs de leur courte existence,
Gémissent hautement sur la froide ignorance

Du temps qui fauche tout, vieillards et jeunes gens,
Mais ils ne songent pas, qu'atome sans puissance,
L'homme toujours est jeune aux yeux éteints du temps !

Grâce à Dieu, je crois fermement
Que la vertu divine existe,
Bien que le lâche et l'égoïste
Osent la nier froidement !

Quelque esprit, aussi fin que triste.
Va, devant cet aveu charmant,
Me jeter, ironiquement,
L'épithète de moraliste !

Horreur ! et si je vous disais
Qu'au besoin je préférerais
Werther aux grands Catons de Rome,

Gens sublimes, mais ennuyants !
Je suis ce qu'on est à vingt ans,
Un enfant qui veut être un homme !

TABLE DES MATIÈRES

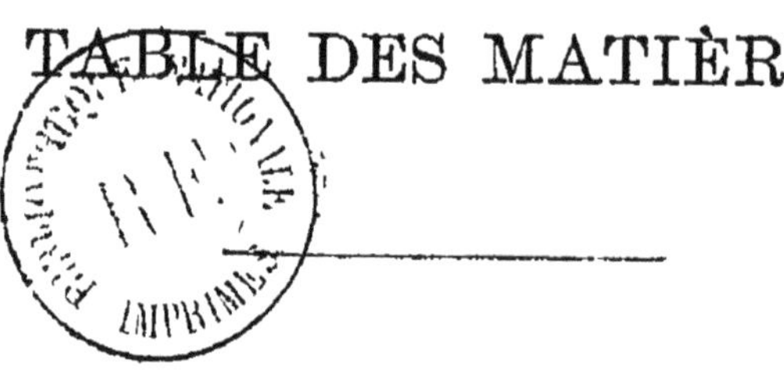

9 782019 250898